AF217481

Franz Kafka

Forschungen eines Hundes

Bibliografische Information der Deutschen Nationalbibliothek:
Die Deutsche Nationalbibliothek verzeichnet diese Publikation in der Deutschen Nationalbibliografie; detaillierte bibliografische Daten sind im Internet über http://dnb.dnb.de abrufbar.

Herstellung und Verlag: BoD – Books on Demand, Norderstedt

ISBN: 978-3-7392-4647-5

Wie sich mein Leben verändert hat und wie es sich doch nicht verändert hat im Grunde! Wenn ich jetzt zurückdenke und die Zeiten mir zurückrufe, da ich noch inmitten der Hundeschaft lebte, teilnahm an allem, was sie bekümmert, ein Hund unter Hunden, finde ich bei näherem Zusehen doch, daß hier seit jeher etwas nicht stimmte, eine kleine Bruchstelle vorhanden war, ein leichtes Unbehagen inmitten der ehrwürdigsten volklichen Veranstaltungen mich befiel, ja manchmal selbst im vertrauten Kreise, nein, nicht manchmal, sondern sehr oft, der bloße Anblick eines mir lieben Mithundes, der bloße Anblick, irgendwie neu gesehen, mich verlegen, erschrocken, hilflos, ja mich verzweifelt machte. Ich suchte mich gewissermaßen zu begütigen, Freunde, denen ich es eingestand, halfen mir, es kamen wieder ruhigere Zeiten – Zeiten, in denen zwar jene Überraschungen nicht fehlten, aber gleichmütiger aufgenommen, gleichmütiger ins Leben eingefügt wurden, vielleicht traurig und müde machten, aber im übrigen mich bestehen ließen als einen zwar ein wenig kalten, zurückhaltenden, ängstlichen, rechnerischen, aber alles in allem genommen doch regelrechten Hund. Wie hätte ich auch ohne die Erholungspausen das Alter erreichen können, dessen ich mich jetzt erfreue, wie hätte ich mich durchringen können zu der Ruhe, mit der ich die Schrecken meiner Jugend betrachte und die Schrecken des Alters ertrage, wie hätte ich dazu kommen können, die Folgerungen aus meiner, wie ich zugebe, unglücklichen oder, um es vorsichtiger auszudrücken, nicht sehr glücklichen Anlage zu ziehen und fast völlig ihnen entsprechend zu leben. Zurückgezogen, einsam, nur mit meinen hoffnungslosen, aber mir unentbehrlichen kleinen Untersuchungen beschäftigt, so lebe ich, habe aber dabei von der Ferne den Überblick über mein Volk nicht verloren, oft dringen Nachrichten zu mir und auch ich lasse hie und da von mir hören. Man behandelt mich mit Achtung, versteht meine Lebensweise nicht, aber nimmt sie mir nicht übel, und selbst junge Hunde, die ich hier und da in der Ferne vorüberlaufen sehe, eine neue Generation, an deren Kindheit ich mich kaum dunkel erinnere, versagen mir nicht den ehrerbietigen Gruß.

Man darf eben nicht außer acht lassen, daß ich trotz meinen Sonderbarkeiten, die offen zutage liegen, doch bei weitem nicht völlig aus der Art schlage. Es ist ja, wenn ichs bedenke – und dies zu tun habe ich Zeit und Lust und Fähigkeit –, mit der Hundeschaft überhaupt wunderbar bestellt. Es gibt außer uns Hunden vielerlei Arten von Geschöpfen ringsumher, arme, geringe, stumme, nur auf gewisse Schreie eingeschränkte Wesen, viele unter uns Hunden studieren sie, haben ihnen Namen gegeben, suchen ihnen zu helfen, sie zu erziehen, zu veredeln und dergleichen. Mir sind sie, wenn sie mich nicht etwa zu stören versuchen, gleichgültig, ich verwechsle sie, ich sehe über sie hinweg. Eines aber ist zu auffallend, als daß es mir hätte entgehen können, wie wenig sie nämlich mit uns Hunden verglichen, zusammenhalten, wie fremd und stumm und mit einer gewissen Feindseligkeit sie aneinander vorübergehen, wie nur das gemeinste Interesse sie ein wenig äußerlich verbinden kann und wie selbst aus diesem Interesse oft noch Haß und Streit entsteht. Wir Hunde dagegen! Man darf doch wohl sagen, daß wir alle förmlich in einem einzigen Haufen leben, alle, so unterschieden wir sonst durch die unzähligen und tiefgehenden Unterscheidungen, die sich im Laufe der Zeiten ergeben haben. Alle in einem Haufen! Es drängt uns zueinander und nichts kann uns hindern, diesem Drängen genugzutun, alle unsere Gesetze und Einrichtungen, die wenigen, die ich noch kenne und die zahllosen, die ich vergessen habe, gehen zurück auf die Sehnsucht nach dem größten Glück, dessen wir fähig sind, dem warmen Beisammensein. Nun aber das Gegenspiel hierzu. Kein Geschöpf lebt meines Wissens so weithin zerstreut wie wir Hunde, keines hat so viele, gar nicht übersehbare Unterschiede der Klassen, der Arten, der Beschäftigungen. Wir, die wir zusammenhalten wollen, – und immer wieder gelingt es uns trotz allem in überschwenglichen Augenblicken – gerade wir leben weit von einander getrennt, in eigentümlichen, oft schon dem Nebenhund unverständlichen Berufen, festhaltend an Vorschriften, die nicht die der Hundeschaft sind; ja, eher gegen sie gerichtet. Was für schwierige Dinge das sind, Dinge, an die man lieber nicht rührt – ich verstehe auch diesen Standpunkt, verstehe ihn besser als den meinen –, und doch Dinge, denen ich ganz und gar verfallen bin. Warum tue ich es nicht wie die anderen, lebe einträchtig mit meinem Volke und nehme das, was die Eintracht stört, stillschweigend hin, vernachlässige es als kleinen Fehler in der großen Rechnung, und bleibe immer zugekehrt dem, was glücklich bindet, nicht dem, was, freilich immer wieder unwiderstehlich, uns aus dem Volkskreis zerrt.

Ich erinnere mich an einen Vorfall aus meiner Jugend, ich war damals in einer jener seligen, unerklärlichen Aufregungen, wie sie wohl jeder als Kind erlebt, ich war noch ein ganz junger Hund, alles gefiel mir, alles hatte Bezug zu mir, ich glaubte, daß große Dinge um mich vorgehen, deren Anführer ich sei, denen ich meine Stimme leihen müsse, Dinge, die elend am Boden liegenbleiben müßten, wenn ich nicht für sie lief, für sie meinen Körper schwenkte, nun, Phantasien der Kinder, die mit den Jahren sich verflüchtigen. Aber damals waren sie stark, ich war ganz in ihrem Bann, und es geschah dann auch freilich etwas Außerordentliches, was den wilden Erwartungen Recht zu geben schien. An sich war es nichts Außerordentliches, später habe ich solche und noch merk-würdigere Dinge oft genug gesehen, aber damals traf es mich mit dem starken, ersten, unverwischbaren, für viele folgende richtunggebenden Eindruck. Ich begegnete nämlich einer kleinen Hundegesellschaft, vielmehr, ich begegnete ihr nicht, sie kam auf mich zu. Ich war damals lange durch die Finster-nis gelaufen, in Vorahnung großer Dinge – eine Vorahnung, die freilich leicht täuschte, denn ich hatte sie immer-, war lange durch die Finsternis gelaufen, kreuz und quer, blind und taub für alles, geführt von nichts als dem unbestimmten Ver-langen, machte plötzlich halt in dem Gefühl, hier sei ich am rechten Ort, sah auf und es war überheller Tag, nur ein wenig dunstig, alles voll durcheinander wogender, berauschender Gerüche, ich begrüßte den Morgen mit wirren Lauten, da – als hätte ich sie heraufbeschworen – traten aus irgendwelcher Finsternis unter Hervorbringung eines entsetzlichen Lärms, wie ich ihn noch nie gehört hatte, sieben Hunde ans Licht. Hätte ich nicht deutlich gesehen, daß es Hunde waren und daß sie selbst diesen Lärm mitbrachten, obwohl ich nicht erkennen konnte, wie sie ihn erzeugten – ich wäre sofort weggelaufen, so aber blieb ich. Damals wußte ich noch fast nichts von der nur dem Hundegeschlecht verliehenen schöpferischen Musikalität, sie war meiner sich erst langsam entwickelnden Beobachtungskraft bisher natürlicherweise entgangen, hatte mich doch die Musik schon seit meiner Säuglingszeit umgeben als ein mir selbstverständliches, unentbehrliches Lebenselement, welches von meinem sonstigen Leben zu sondern nichts mich zwang, nur in Andeutungen, dem kindlichen Verstand entsprechend, hatte man mich darauf hinzuweisen versucht, um so überraschender, geradezu niederwerfend waren jene sieben großen Musikkünstler für mich. Sie redeten nicht, sie sangen nicht, sie schwiegen im allgemeinen fast mit einer großen Verbissenheit, aber aus dem leeren Raum zauberten sie die Musik empor. Alles war Musik, das Heben und Niedersetzen ihrer Füße, bestimmte Wendungen des Kopfes, ihr Laufen und ihr Ruhen, die Stellungen, die sie zueinander einnahmen, die reigenmäßigen Verbindungen, die sie miteinander eingingen, indem etwa einer die Vorderpfoten auf des anderen Rücken stützte und sie sich dann so ordneten, daß der erste aufrecht die Last aller andern trug, oder indem sie mit ihren nah am Boden hinschleichenden Körpern verschlungene Figuren bildeten und niemals sich irrten; nicht einmal der letzte, der noch ein wenig unsicher war, nicht immer gleich den Anschluß an die andern fand, gewissermaßen im Anschlagen der Melodie manchmal schwankte, aber doch unsicher war nur im Vergleich mit der großartigen Sicherheit der anderen und selbst bei viel größerer, ja bei vollkommener Unsicherheit nichts hätte verderben können, wo die anderen, große Meister, den Takt unerschütterlich hielten. Aber man sah sie ja kaum, man sah sie ja alle kaum. Sie waren hervorgetreten, man hatte sie innerlich begrüßt als Hunde, sehr beirrt war man zwar von dem Lärm, der sie begleitete, aber es waren doch Hunde, Hunde wie ich und du, man beobachtete sie gewohnheitsmäßig, wie Hunde, denen man auf dem Weg begegnet, man wollte sich ihnen nähern, Grüße tauschen, sie waren auch ganz nah, Hunde, zwar viel älter als ich und nicht von meiner langhaarigen wolligen Art, aber doch auch nicht allzu fremd an Größe und Gestalt, recht vertraut vielmehr, viele von solcher oder ähnlicher Art kannte ich, aber während man noch in solchen Überlegungen befangen war, nahm allmählich die Musik überhand, faßte einen förmlich, zog einen hinweg von diesen wirklichen kleinen Hunden und, ganz wider Willen, sich sträubend mit allen Kräften, heulend, als würde einem Schmerz bereitet, durfte man sich mit nichts anderem beschäftigen, als mit der von allen Seiten, von der Höhe, von der Tiefe, von überall her kommenden, den Zuhörer in die Mitte nehmenden, überschüttenden, erdrückenden, über seiner Vernichtung noch in solcher Nähe, daß es schon Ferne war, kaum hörbar noch Fanfaren blasenden Musik. Und wieder wurde man entlassen, weil man schon zu erschöpft, zu vernichtet, zu schwach war, um noch zu hören, man wurde entlassen und sah die sieben kleinen Hunde ihre Prozessionen führen, ihre Sprünge tun, man wollte sie, so ablehnend sie aussahen, anrufen, um Belehrung bitten, sie fragen, was sie denn hier machten – ich war ein Kind und glaubte immer und jeden fragen zu dürfen –, aber kaum setzte ich an, kaum fühlte ich die gute, vertraute, hündische Verbindung mit den sieben, war wieder ihre Musik da, machte mich besinnungslos, drehte mich im Kreis herum, als sei ich selbst einer der Musikanten, während ich doch nur ihr Opfer war, warf mich hierhin und dorthin, so sehr ich auch um Gnade bat, und rettete mich schließlich vor ihrer eigenen Gewalt, indem sie mich in ein Gewirr von Hölzern drückte, das in jener Gegend ringsum sich erhob, ohne daß ich es bisher bemerkt hatte, mich jetzt fest umfing, den Kopf mir niederduckte und mir, mochte dort im Freien die Musik noch donnern, die Möglichkeit gab, ein wenig zu verschnaufen. Wahrhaftig, mehr als über die Kunst der sieben Hunde – sie war mir unbegreiflich, aber auch gänzlich unanknüpfbar außerhalb meiner Fähigkeiten –, wunderte ich mich über ihren Mut, sich dem, was sie erzeugten, völlig und offen auszusetzen, und über ihre Kraft, es, ohne daß es ihnen das Rückgrat brach, ruhig zu ertragen. Freilich erkannte ich jetzt aus meinem Schlupfloch bei genauerer Beobachtung, daß es nicht so sehr Ruhe, als äußerste Anspannung war, mit der sie arbeiteten, diese scheinbar so sicher bewegten Beine zitterten bei jedem Schritt in unaufhörlicher ängstlicher Zuckung, starr wie in Verzweiflung sah einer den anderen an, und die immer wieder bewältigte Zunge hing doch gleich wieder schlapp aus den Mäulern. Es konnte nicht Angst wegen des Gelingens sein, was sie so erregte; wer solches wagte, solches zustande brachte, der konnte keine Angst mehr haben. – Wovor denn Angst? Wer zwang sie denn zu tun, was sie hier taten? Und ich konnte mich nicht mehr zurückhalten, besonders da sie mir jetzt so unverständlich hilfsbedürftig erschienen, und so rief ich durch allen Lärm meine Fragen laut und fordernd hinaus. Sie aber – unbegreiflich! unbegreiflich! – sie antworteten nicht, taten, als wäre ich nicht da. Hunde, die auf Hundeanruf gar nicht antworten, ein Vergehen gegen die guten Sitten, das dem kleinsten wie dem größten Hunde unter keinen Umständen verziehen wird. Waren es etwa doch nicht Hunde? Aber wie sollten es denn nicht Hunde sein, hörte ich doch jetzt bei genauerem Hinhorchen sogar leise Zurufe, mit denen sie einander befeuerten, auf Schwierigkeiten aufmerksam machten, vor Fehlern warnten, sah ich doch den letzten kleinsten Hund, dem die meisten Zurufe galten, öfters nach mir hinschielen, so als hätte er viel Lust, mir zu antworten, bezwänge sich aber, weil es nicht sein dürfe. Aber warum durfte es nicht sein, warum durfte denn das, was unsere Gesetze bedingungslos immer verlangen, diesmal nicht sein? Das empörte sich in mir, fast vergaß ich die Musik. Diese Hunde hier vergingen sich gegen das Gesetz. Mochten es noch so große Zauberer sein, das Gesetz galt auch für sie, das verstand ich Kind schon ganz genau. Und ich merkte von da aus noch mehr. Sie hatten wirklich Grund zu schweigen, vorausgesetzt, daß sie aus Schuldgefühl schwiegen. Denn wie führten sie sich auf, vor lauter Musik hatte ich es bisher nicht bemerkt, sie hatten ja alle Scham von sich geworfen, die elenden taten das gleichzeitig Lächerlichste und Unanständigste, sie gingen aufrecht auf den Hinterbeinen. Pfui Teufel! Sie entblößten sich und trugen ihre Blöße protzig zur Schau: sie taten sich darauf zugute, und wenn sie einmal auf einen Augenblick dem guten Trieb gehorchten und die Vorderbeine senkten, erschraken sie förmlich, als sei es ein Fehler, als sei die Natur ein Fehler, hoben wieder schnell die Beine und ihr Blick schien um Verzeihung dafür zu bitten, daß sie in ihrer Sündhaftigkeit ein wenig hatten innehalten müssen. War die Welt verkehrt? Wo war ich? Was war denn geschehen? Hier durfte ich um meines eigenen Bestandes willen nicht mehr zögern, ich machte mich los aus den umklammernden Hölzern, sprang mit einem Satz hervor und wollte zu den Hunden, ich kleiner Schüler mußte Lehrer sein, mußte ihnen begreiflich machen, was sie taten, mußte sie abhalten vor weiterer Versündigung. »So alte Hunde, so alte Hunde!« wiederholte ich mir immerfort. Aber kaum war ich frei und nur noch zwei, drei Sprünge trennten mich von den Hunden, war es wieder der Lärm, der seine Macht über mich bekam. Vielleicht hätte ich in meinem Eifer sogar ihm, den ich doch nun schon kannte, widerstanden, wenn nicht durch alle seine Fülle, die schrecklich war, aber vielleicht doch zu bekämpfen, ein klarer, strenger, immer sich gleich bleibender, förmlich aus großer Ferne unverändert ankommender Ton, vielleicht die eigentliche Melodie inmitten des Lärms, geklungen und mich in die Knie gezwungen hätte. Ach, was machten doch diese Hunde für eine betörende Musik. Ich konnte nicht weiter, ich wollte sie nicht mehr belehren, mochten sie weiter die Beine spreizen, Sünden begehen und andere zur Sünde des stillen Zuschauens verlocken, ich war ein so kleiner Hund, wer konnte so Schweres von mir verlangen? Ich machte mich noch kleiner, als ich war, ich winselte, hätten mich danach die Hunde um meine Meinung gefragt, ich hätte ihnen vielleicht recht gegeben. Es dauerte übrigens nicht lange und sie verschwanden mit allem Lärm und allem Licht in der Finsternis, aus der sie gekommen waren.

Wie ich schon sagte: dieser ganze Vorfall enthielt nichts Außergewöhnliches, im Verlauf eines langen Lebens begegnet einem mancherlei, was, aus dem Zusammenhang genommen und mit den Augen eines Kindes angesehen, noch viel erstaunlicher wäre. Überdies kann man es natürlich – wie der treffende Ausdruck lautet – >verreden<, so wie alles, dann zeigt sich, daß hier sieben Musiker zusammengekommen waren, um in der Stille des Morgens Musik zu machen, daß ein kleiner Hund sich hinverirrt hatte, ein lästiger Zuhörer, den sie durch besonders schreckliche oder erhabene Musik leider vergeblich zu vertreiben suchten. Er störte sie durch Fragen, hätten sie, die schon durch die bloße Anwesenheit des Fremdlings genug gestört waren, auch noch auf diese Belästigung eingehen und sie durch Antworten vergrößern sollen? Und wenn auch das Gesetz befiehlt, jedem zu antworten, ist denn ein solcher winziger, hergelaufener Hund überhaupt ein nennenswerter Jemand? Und vielleicht verstanden sie ihn gar nicht, er bellte ja doch wohl seine Fragen recht unverständlich. Oder vielleicht verstanden sie ihn wohl und antworteten in Selbstüberwindung, aber er, der Kleine, der Musik-Ungewohnte, konnte die Antwort von der Musik nicht sondern. Und was die Hinterbeine betrifft, vielleicht gingen sie wirklich ausnahmsweise nur auf ihnen, es ist eine Sünde, wohl! Aber sie waren allein, sieben Freunde unter Freunden, im vertraulichen Beisammensein, gewissermaßen in den eigenen vier Wänden, gewissermaßen ganz allein, denn Freunde sind doch keine Öffentlichkeit und wo keine Öffentlichkeit ist, bringt sie auch ein kleiner, neugieriger Straßenhund nicht hervor, in diesem Fall aber: ist es hier nicht so, als wäre nichts geschehen? Ganz so ist es nicht, aber nahezu, und die Eltern sollten ihre Kleinen weniger herumlaufen und dafür besser schweigen und das Alter achten lehren.

Ist man soweit, dann ist der Fall erledigt. Freilich, was für die Großen erledigt ist, ist es für die Kleinen noch nicht. Ich lief umher, erzählte und fragte, klagte an und forschte und wollte jeden hinziehen zu dem Ort, wo alles geschehen war, und wollte jedem zeigen, wo ich gestanden war und wo die sieben gewesen und wo und wie sie getanzt und musiziert hatten und, wäre jemand mit mir gekommen, statt daß mich jeder abgeschüttelt und ausgelacht hätte, ich hätte dann wohl meine Sündlosigkeit geopfert und mich auch auf die Hinterbeine zu stellen versucht, um alles genau zu verdeutlichen. Nun, einem Kinde nimmt man alles übel, verzeiht ihm aber schließlich auch alles. Ich aber habe dieses kindhafte Wesen behalten und bin darüber ein alter Hund geworden. So wie ich damals nicht aufhörte, jenen Vorfall, den ich allerdings heute viel niedriger einschätze, laut zu besprechen, in seine Bestandteile zu zerlegen, an den Anwesenden zu messen ohne Rücksicht auf die Gesellschaft, in der ich mich befand, nur immer mit der Sache beschäftigt, die ich lästig fand genau so wie jeder andere, die ich aber – das war der Unterschied – gerade deshalb restlos durch Untersuchung auflösen wollte, um den Blick endlich wieder freizubekommen für das gewöhnliche, ruhige, glückliche Leben des Tages. Ganz so wie damals habe ich, wenn auch mit weniger kindlichen Mitteln – aber sehr groß ist der Unterschied nicht – in der Folgezeit gearbeitet und halte auch heute nicht weiter.

Mit jenem Konzert aber begann es. Ich klage nicht darüber, es ist mein eingeborenes Wesen, das hier wirkt und das sich gewiß, wenn das Konzert nicht gewesen wäre, eine andere Gelegenheit gesucht hätte, um durchzubrechen. Nur daß es so bald geschah, tat mir früher manchmal leid, es hat mich um einen großen Teil meiner Kindheit gebracht, das glückselige Leben der jungen Hunde, das mancher für sich jahrelang auszudehnen imstande ist, hat für mich nur wenige kurze Monate gedauert. Sei's drum. Es gibt wichtigere Dinge als die Kindheit. Und vielleicht winkt mir im Alter, erarbeitet durch ein hartes Leben, mehr kindliches Glück, als ein wirkliches Kind zu ertragen die Kraft hätte, die ich dann aber haben werde.

Ich begann damals meine Untersuchungen mit den einfachsten Dingen, an Material fehlte es nicht, leider, der Überfluß ist es, der mich in dunklen Stunden verzweifeln läßt. Ich begann zu untersuchen, wovon sich die Hundeschaft nährt. Das ist nun, wenn man will, natürlich keine einfache Frage, sie beschäftigt uns seit Urzeiten, sie ist der Hauptgegenstand unseres Nachdenkens, zahllos sind die Beobachtungen und Versuche und Ansichten auf diesem Gebiete, es ist eine Wissenschaft geworden, die in ihren ungeheuren Ausmaßen nicht nur über die Fassungskraft des einzelnen, sondern über jene aller Gelehrten insgesamt geht und ausschließlich von niemandem anderen als von der gesamten Hundeschaft und selbst von dieser nur seufzend und nicht ganz vollständig getragen werden kann, immer wieder abbröckelt in altem, längst besessenem Gut und mühselig ergänzt werden muß, von den Schwierigkeiten und kaum zu erfüllenden Voraussetzungen meiner Forschung ganz zu schweigen. Das alles wende man mir nicht ein, das alles weiß ich, wie nur irgendein Durchschnittshund, es fällt mir nicht ein, mich in die wahre Wissenschaft zu mengen, ich habe alle Ehrfurcht vor ihr, die ihr gebührt, aber sie zu vermehren fehlt es mir an Wissen und Fleiß und Ruhe und – nicht zuletzt, besonders seit einigen Jahren – auch an Appetit. Ich schlinge das Essen hinunter, aber der geringsten vorgängigen geordneten landwirtschaftlichen Betrachtung ist es mir nicht wert. Mir genügt in dieser Hinsicht der Extrakt aller Wissenschaft, die kleine Regel, mit welcher die Mütter die Kleinen von ihren Brüsten ins Leben entlassen: »Mache alles naß, soviel du kannst.« Und ist hier nicht wirklich fast alles enthalten? Was hat die Forschung, von unseren Urvätern angefangen, entscheidend Wesentliches denn hinzuzufügen? Einzelheiten, Einzelheiten und wie unsicher ist alles. Diese Regel aber wird bestehen, solange wir Hunde sind. Sie betrifft unsere Hauptnahrung. Gewiß, wir haben noch andere Hilfsmittel, aber im Notfall und wenn die Jahre nicht zu schlimm sind, könnten wir von dieser Hauptnahrung leben, diese Hauptnahrung finden wir auf der Erde, die Erde aber braucht unser Wasser, nährt sich von ihm, und nur für diesen Preis gibt sie uns unsere Nahrung, deren Hervorkommen man allerdings, dies ist auch nicht zu vergessen, durch bestimmte Sprüche, Gesänge, Bewegungen beschleunigen kann. Das ist aber meiner Meinung nach alles; von dieser Seite her ist über diese Sache grundsätzlich nicht mehr zu sagen. Hierin bin ich auch einig mit der ganzen Mehrzahl der Hundeschaft und von allen in dieser Hinsicht ketzerischen Ansichten wende ich mich streng ab. Wahrhaftig, es geht mir nicht um Besonderheiten, um Rechthaberei, ich bin glücklich, wenn ich mit den Volksgenossen übereinstimmen kann, und in diesem Falle geschieht es. Meine eigenen Unternehmungen gehen aber in anderer Richtung. Der Augenschein lehrt mich, daß die Erde, wenn sie nach den Regeln der Wissenschaft besprengt und bearbeitet wird, die Nahrung hergibt, und zwar in solcher Qualität, in solcher Menge, auf solche Art, an solchen Orten, zu solchen Stunden, wie es die gleichfalls von der Wissenschaft ganz oder teilweise festgestellten Gesetze verlangen. Das nehme ich hin, meine Frage aber ist: »Woher nimmt die Erde diese Nahrung?« Eine Frage, die man im allgemeinen nicht zu verstehen vorgibt und auf die man mir bestenfalls antwortet: »Hast du nicht genug zu essen, werden wir dir von dem unseren geben.« Man beachte diese Antwort. Ich weiß: Es gehört nicht zu den Vorzügen der Hundeschaft, daß wir Speisen, die wir einmal erlangt haben, zur Verteilung bringen. Das Leben ist schwer, die Erde spröde, die Wissenschaft reich an Erkenntnissen, aber arm genug an praktischen Erfolgen; wer Speise hat, behält sie; das ist nicht Eigennutz, sondern das Gegenteil, ist Hundegesetz, ist einstimmiger Volksbeschluß, hervorgegangen aus Überwindung der Eigensucht, denn die Besitzenden sind ja immer in der Minderzahl. Und darum ist jene Antwort: »Hast du nicht genug zu essen, werden wir dir von dem unseren geben« eine ständige Redensart, ein Scherzwort, eine Neckerei. Ich habe das nicht vergessen. Aber eine um so größere Bedeutung hatte es für mich, daß man mir gegenüber, damals als ich mich mit meinen Fragen in der Welt umhertrieb, den Spott beiseiteließ – man gab mir zwar noch immer nichts zu essen – woher hätte man es gleich nehmen sollen –, und wenn man es gerade zufällig hatte, vergaß man natürlich in der Raserei des Hungers jede andere Rücksicht, aber das Angebot meinte man ernst, und hie und da bekam ich dann wirklich eine Kleinigkeit, wenn ich schnell genug dabei war, sie an mich zu reißen. Wie kam es, daß man sich zu mir so besonders verhielt, mich schonte, mich bevorzugte? Weil ich ein magerer, schwacher Hund war, schlecht genährt und zu wenig um Nahrung besorgt? Aber es laufen viele schlecht genährte Hunde herum und man nimmt ihnen selbst die elendste Nahrung vor dem Mund weg, wenn man es kann, oft nicht aus Gier, sondern meist aus Grundsatz. Nein, man bevorzugte mich, ich konnte es nicht so sehr mit Einzelheiten belegen, als daß ich vielmehr den bestimmten Eindruck dessen hatte. Waren es also meine Fragen, über die man sich freute, die man für besonders klug ansah? Nein, man freute sich nicht und hielt sie alle für dumm. Und doch konnten es nur die Fragen sein, die mir die Aufmerksamkeit erwarben. Es war, als wolle man lieber das Ungeheuerliche tun, mir den Mund mit Essen zustopfen – man tat es nicht, aber man wollte es –, als meine Fragen dulden. Aber dann hätte man mich doch besser verjagen können und meine Fragen sich verbitten. Nein, das wollte man nicht, man wollte zwar meine Fragen nicht hören, aber gerade wegen dieser meiner Fragen wollte man mich nicht verjagen. Es war, so sehr ich ausgelacht, als dummes, kleines Tier behandelt, hin- und hergeschoben wurde, eigentlich die Zeit meines größten Ansehens, niemals hat sich später etwas derartiges wiederholt, überall hatte ich Zutritt, nichts wurde mir verwehrt, unter dem Vorwand rauher Behandlung wurde mir eigentlich geschmeichelt. Und alles also doch nur wegen meiner Fragen, wegen meiner Ungeduld, wegen meiner Forschungsbegierde. Wollte man mich damit einlullen, ohne Gewalt, fast liebend mich von einem falschen Wege abbringen, von einem Wege, dessen Falschheit doch nicht so über allem Zweifel stand, daß sie erlaubt hätte, Gewalt anzuwenden? – Auch hielt eine gewisse Achtung und Furcht von Gewaltanwendung ab. Ich ahnte schon damals etwas derartiges, heute weiß ich es genau, viel genauer als die, welche es damals taten, es ist wahr, man hat mich ablocken wollen von meinem Wege. Es gelang nicht, man erreichte das Gegenteil, meine Aufmerksamkeit verschärfte sich. Es stellte sich mir sogar heraus, daß ich es war, der die andern verlocken wollte, und daß mir tatsächlich die Verlockung bis zu einem gewissen Grade gelang. Erst mit Hilfe der Hundeschaft begann ich meine eigenen Fragen zu verstehen. Wenn ich zum Beispiel fragte: Woher nimmt die Erde diese Nahrung, – kümmerte mich denn dabei, wie es den Anschein haben konnte, die Erde, kümmerten mich etwa der Erde Sorgen? Nicht im geringsten, das lag mir, wie ich bald erkannte, völlig fern, mich kümmerten nur die Hunde, gar nichts sonst. Denn was gibt es außer den Hunden? Wen kann man sonst anrufen in der weiten, leeren Welt? Alles Wissen, die Gesamtheit aller Fragen und aller Antworten ist in den Hunden enthalten.

Wenn man nur dieses Wissen wirksam, wenn man es nur in den hellen Tag bringen könnte, wenn sie nur nicht so unendlich viel mehr wüßten, als sie zugestehen, als sie sich selbst zugestehen. Noch der redseligste Hund ist verschlossener, als es die Orte zu sein pflegen, wo die besten Speisen sind. Man umschleicht den Mithund, man schäumt vor Begierde, man prügelt sich selbst mit dem eigenen Schwanz, man fragt, man bittet, man heult, man beißt und erreicht – und erreicht das, was man auch ohne jede Anstrengung erreichen würde: liebevolles Anhören, freundliche Berührungen, ehrenvolle Beschnupperungen, innige Umarmungen, mein und dein Heulen mischt sich in eines, alles ist darauf gerichtet, ein Entzücken, Vergessen und Finden, aber das eine, was man vor allem erreichen wollte: Eingeständnis des Wissens, das bleibt versagt. Auf diese Bitte, ob stumm, ob laut, antworten bestenfalls, wenn man die Verlockung schon aufs äußerste getrieben hat, nur stumpfe Mienen, schiefe Blicke, verhängte, trübe Augen. Es ist nicht viel anders, als es damals war, da ich als Kind die Musikerhunde anrief und sie schwiegen.

Nun könnte man sagen: »Du beschwerst dich über deine Mithunde, über ihre Schweigsamkeit hinsichtlich der entscheidenden Dinge, du behauptest, sie wüßten mehr, als sie eingestehen, mehr, als sie im Leben gelten lassen wollen, und dieses Verschweigen, dessen Grund und Geheimnis sie natürlich auch noch mitverschweigen, vergifte das Leben, mache es dir unerträglich, du müßtest es ändern oder es verlassen, mag sein, aber du bist doch selbst ein Hund, hast auch das Hundewissen, nun sprich es aus, nicht nur in Form der Frage, sondern als Antwort. Wenn du es aussprichst, wer wird dir widerstehen? Der große Chor der Hundeschaft wird einfallen, als hätte er darauf gewartet. Dann hast du Wahrheit, Klarheit, Eingeständnis, soviel du nur willst. Das Dach dieses niedrigen Lebens, dem du so Schlimmes nachsagst, wird sich öffnen und wir werden alle, Hund bei Hund, aufsteigen in die hohe Freiheit. Und sollte das Letzte nicht gelingen, sollte es schlimmer werden als bisher, sollte die ganze Wahrheit unerträglicher sein als die halbe, sollte sich bestätigen, daß die Schweigenden als Erhalter des Lebens im Rechte sind, sollte aus der leisen Hoffnung, die wir jetzt noch haben, völlige Hoffnungslosigkeit werden, des Versuches ist das Wort doch wert, da du so, wie du leben darfst, nicht leben willst. Nun also, warum machst du den anderen ihre Schweigsamkeit zum Vorwurf und schweigst selbst?« Leichte Antwort: Weil ich ein Hund bin. Im Wesentlichen genau so wie die anderen fest verschlossen, Widerstand leistend den eigenen Fragen, hart aus Angst. Frage ich denn, genau genommen, zumindest seit ich erwachsen bin, die Hundeschaft deshalb, damit sie mir antwortet? Habe ich so törichte Hoffnungen? Sehe ich die Fundamente unseres Lebens, ahne ihre Tiefe, sehe die Arbeiter beim Bau, bei ihrem finstern Werk, und erwarte noch immer, daß auf meine Fragen hin alles dies beendigt, zerstört, verlassen wird? Nein, das erwarte ich wahrhaftig nicht mehr. Ich verstehe sie, ich bin Blut von ihrem Blut, von ihrem armen, immer wieder jungen, immer wieder verlangenden Blut. Aber nicht nur das Blut haben wir gemeinsam, sondern auch das Wissen und nicht nur das Wissen, sondern auch den Schlüssel zu ihm. Ich besitze es nicht ohne die anderen, ich kann es nicht haben ohne ihre Hilfe. – Eisernen Knochen, enthaltend das edelste Mark, kann man nur beikommen durch ein gemeinsames Beißen aller Zähne aller Hunde. Das ist natürlich nur ein Bild und übertrieben; wären alle Zähne bereit, sie müßten nicht mehr beißen, der Knochen würde sich öffnen und das Mark läge frei dem Zugriff des schwächsten Hündchens. Bleibe ich innerhalb dieses Bildes, dann zielen meine Absicht, meine Fragen, meine Forschungen allerdings auf etwas Ungeheuerliches. Ich will diese Versammlung aller Hunde erzwingen, will unter dem Druck ihres Bereitseins den Knochen sich öffnen lassen, will sie dann zu ihrem Leben, das ihnen lieb ist, entlassen und dann allein, weit und breit allein, das Mark einschlürfen. Das klingt ungeheuerlich, ist fast so, als wollte ich mich nicht vom Mark eines Knochens nur, sondern vom Mark der Hundeschaft selbst nähren. Doch es ist nur ein Bild. Das Mark, von dem hier die Rede ist, ist keine Speise, ist das Gegenteil, ist Gift.

Mit meinen Fragen hetze ich nur noch mich selbst, will mich anfeuern durch das Schweigen, das allein ringsum mir noch antwortet. Wie lange wirst du es ertragen, daß die Hundeschaft, wie du dir durch deine Forschungen immer mehr zu Bewußtsein bringst, schweigt und immer schweigen wird? Wie lange wirst du es ertragen, so lautet über allen Einzelfragen meine eigentliche Lebensfrage: sie ist nur an mich gestellt und belästigt keinen andern. Leider kann ich sie leichter beantworten als die Einzelfragen: Ich werde es voraussichtlich aushalten bis zu meinem natürlichen Ende, den unruhigen Fragen widersteht immer mehr die Ruhe des Alters. Ich werde wahrscheinlich schweigend, vom Schweigen umgeben, nahezu friedlich, sterben und ich sehe dem gefaßt entgegen. Ein bewundernswürdig starkes Herz, eine vorzeitig nicht abzunützende Lunge sind uns Hunden wie aus Bosheit mitgegeben, wir widerstehen allen Fragen, selbst den eignen, Bollwerk des Schweigens, das wir sind.

Immer mehr in letzter Zeit überdenke ich mein Leben, suche den entscheidenden, alles verschuldenden Fehler, den ich vielleicht begangen habe, und kann ihn nicht finden. Und ich muß ihn doch begangen haben, denn hätte ich ihn nicht begangen und hätte trotzdem durch die redliche Arbeit eines langen Lebens das, was ich wollte, nicht erreicht, so wäre bewiesen, daß das, was ich wollte, unmöglich war und völlige Hoffnungslosigkeit würde daraus folgen. Sieh das Werk deines Lebens! Zuerst die Untersuchungen hinsichtlich der Frage: Woher nimmt die Erde die Nahrung für uns? Ein junger Hund, im Grunde natürlich gierig lebenslustig, verzichtete ich auf alle Genüsse, wich allen Vergnügungen im Bogen aus, vergrub vor Verlockungen den Kopf zwischen den Beinen und machte mich an die Arbeit. Es war keine Gelehrtenarbeit, weder was die Gelehrsamkeit, noch was die Methode, noch was die Absicht betrifft. Das waren wohl Fehler, aber entscheidend können sie nicht gewesen sein. Ich habe wenig gelernt, denn ich kam frühzeitig von der Mutter fort, gewöhnte mich bald an Selbständigkeit, führte ein freies Leben, und allzu frühe Selbständigkeit ist dem systematischen Lernen feindlich. Aber ich habe viel gesehen, gehört und mit vielen Hunden der verschiedensten Arten und Berufe gesprochen und alles, wie ich glaube, nicht schlecht aufgefaßt und die

Einzelbeobachtungen nicht schlecht verbunden, das hat ein wenig die Gelehrsamkeit ersetzt, außerdem aber ist Selbständigkeit, mag sie für das Lernen ein Nachteil sein, für eigene Forschung ein gewisser Vorzug. Sie war in meinem Falle um so nötiger, als ich nicht die eigentliche Methode der Wissenschaft befolgen konnte, nämlich die Arbeiten der Vorgänger zu benützen und mit den zeitgenössischen Forschern mich zu verbinden. Ich war völlig auf mich allein angewiesen, begann mit dem allerersten Anfang und mit dem für die Jugend beglückenden, für das Alter dann aber äußerst niederdrückenden Bewußtsein, daß der zufällige Schlußpunkt, den ich setzen werde, auch der endgültige sein müsse. War ich wirklich so allein mit meinen Forschungen, jetzt und seit jeher? Ja und nein. Es ist unmöglich, daß nicht immer und auch heute einzelne Hunde hier und dort in meiner Lage waren und sind. So schlimm kann es mit mir nicht stehen. Ich bin kein Haarbreit außerhalb des Hundewesens. Jeder Hund hat wie ich den Drang zu fragen, und ich habe wie jeder Hund den Drang zu schweigen. Jeder hat den Drang zu fragen. Hätte ich denn sonst durch meine Fragen auch nur die leichtesten Erschütterungen erreichen können, die zu sehen mir oft mit Entzücken, übertriebenem Entzücken allerdings, vergönnt war, und hätte ich denn, wenn es sich mit mir nicht so verhielte, nicht viel mehr erreichen müssen. Und daß ich den Drang zu schweigen habe, bedarf leider keines besonderen Beweises. Ich bin also grundsätzlich nicht anders als jeder andere Hund, darum wird mich trotz allen Meinungsverschiedenheiten und Abneigungen im Grunde jeder anerkennen und ich werde es mit jedem Hund nicht anders tun. Nur die Mischung der Elemente ist verschieden, ein persönlich sehr großer, volklich bedeutungsloser Unterschied. Und nun sollte die Mischung dieser immer vorhandenen Elemente innerhalb der Vergangenheit und Gegenwart niemals ähnlich der meinen ausgefallen sein und, wenn man meine Mischung unglücklich nennen will, nicht auch noch viel unglücklicher? Das wäre gegen alle übrige Erfahrung. In den wunderbarsten Berufen sind wir Hunde beschäftigt. Berufe, an die man gar nicht glauben würde, wenn man nicht die vertrauenswürdigsten Nachrichten darüber hätte. Ich denke hier am liebsten an das Beispiel der Lufthunde. Als ich zum erstenmal von einem hörte, lachte ich, ließ es mir auf keine Weise einreden. Wie? Es sollte einen Hund von allerkleinster Art geben, nicht viel größer als mein Kopf, auch im hohen Alter nicht größer, und dieser Hund, natürlich schwächlich, dem Anschein nach ein künstliches, unreifes, übersorgfältig frisiertes Gebilde, unfähig, einen ehrlichen Sprung zu tun, dieser Hund sollte, wie man erzählte, meistens hoch in der Luft sich fortbewegen, dabei aber keine sichtbare Arbeit machen, sondern ruhen. Nein, solche Dinge mir einreden wollen, das hieß doch die Unbefangenheit eines jungen Hundes gar zu sehr ausnützen, glaubte ich. Aber kurz darauf hörte ich von anderer Seite von einem anderen Lufthund erzählen. Hatte man sich vereinigt, mich zum besten zu halten? Dann aber sah ich die Musikerhunde, und von der Zeit an hielt ich es für möglich, kein Vorurteil beschränkte meine Fassungskraft, den unsinnigsten Gerüchten ging ich nach, verfolgte sie, soweit ich konnte, das Unsinnigste erschien mir in diesem unsinnigen Leben wahrscheinlicher als das Sinnvolle und für meine Forschung besonders ergiebig. So auch die Lufthunde. Ich erfuhr vielerlei über sie, es gelang mir zwar bis heute nicht, einen zu sehen, aber von ihrem Dasein bin ich schon längst fest überzeugt und in meinem Weltbild haben sie ihren wichtigen Platz. Wie meistens so auch hier ist es natürlich nicht die Kunst, die mich vor allem nachdenklich macht. Es ist wunderbar, wer kann das leugnen, daß diese Hunde in der Luft zu schweben imstande sind, im Staunen darüber bin ich mit der Hundeschaft einig. Aber viel wunderbarer ist für mein Gefühl die Unsinnigkeit, die schweigende Unsinnigkeit dieser Existenzen. Im allgemeinen wird sie gar nicht begründet, sie schweben in der Luft, und dabei bleibt es, das Leben geht weiter seinen Gang, hie und da spricht man von Kunst und Künstlern, das ist alles. Aber warum, grundgütige Hundeschaft, warum nur schweben die Hunde? Welchen Sinn hat ihr Beruf? Warum ist kein Wort der Erklärung von ihnen zu bekommen? Warum schweben sie dort oben, lassen die Beine, den Stolz des Hundes verkümmern, sind getrennt von der nährenden Erde, säen nicht und ernten doch, werden angeblich sogar auf Kosten der Hundeschaft besonders gut genährt. Ich kann mir schmeicheln, daß ich durch meine Fragen in diese Dinge doch ein wenig Bewegung gebracht habe. Man beginnt zu begründen, eine Art Begründung zusammenzuhaspeln, man beginnt, und wird allerdings auch über diesen Beginn nicht hinausgehen. Aber etwas ist es doch. Und es zeigt sich dabei zwar nicht die Wahrheit – niemals wird man soweit kommen –, aber doch etwas von der tiefen Verwirrung der Lüge. Alle unsinnigen Erscheinungen unseres Lebens und die unsinnigsten ganz besonders lassen sich nämlich begründen. Nicht vollständig natürlich – das ist der teuflische Witz –, aber um sich gegen peinliche Fragen zu schützen, reicht es hin. Die Lufthunde wieder als Beispiel genommen: sie sind nicht hochmütig, wie man zunächst glauben könnte, sie sind vielmehr der Mithunde besonders bedürftig, versucht man sich in ihre Lage zu versetzen, versteht man es. Sie müssen ja, wenn sie es schon nicht offen tun können – das wäre Verletzung der Schweigepflicht –, so doch auf irgendeine andere Art für ihre Lebensweise Verzeihung zu erlangen suchen oder wenigstens von ihr ablenken, sie vergessen machen – sie tun das, wie man mir erzählt, durch eine fast unerträgliche Geschwätzigkeit. Immerfort haben sie zu erzählen, teils von ihren philosophischen Überlegungen, mit denen sie sich, da sie auf körperliche Anstrengung völlig verzichtet haben, fortwährend beschäftigen können, teils von den Beobachtungen, die sie von ihrem erhöhten Standort aus machen. Und obwohl sie sich, was bei einem solchen Lotterleben selbstverständlich ist, durch Geisteskraft nicht sehr auszeichnen, und ihre Philosophie so wertlos ist wie ihre Beobachtungen, und die Wissenschaft kaum etwas davon verwenden kann und überhaupt auf so jämmerliche Hilfsquellen nicht angewiesen ist, trotzdem wird man, wenn man fragt, was die Lufthunde überhaupt wollen, immer wieder zur Antwort bekommen, daß sie zur Wissenschaft viel beitragen. »Das ist richtig«, sagt man darauf, »aber ihre Beiträge sind wertlos und lästig.« Die weitere Antwort ist Achselzucken, Ablenkung, Ärger oder Lachen, und in einem Weilchen, wenn man wieder fragt, erfährt man doch wiederum, daß sie zur Wissenschaft beitragen, und schließlich, wenn man nächstens gefragt wird und sich nicht sehr beherrscht, antwortet man das Gleiche. Und vielleicht ist es auch gut, nicht allzu hartnäckig zu sein und sich zu fügen, die schon bestehenden Lufthunde nicht in ihrer Lebensberechtigung anzuerkennen, was unmöglich ist, aber doch zu dulden. Aber mehr darf man nicht verlangen, das ginge zu weit, und man verlangt es doch. Man verlangt die Duldung immer neuer Lufthunde, die heraufkommen. Man weiß gar nicht genau, woher sie kommen. Vermehren sie sich durch Fortpflanzung? Haben sie denn noch die Kraft dazu, sie sind ja nicht viel mehr als ein schönes Fell, was soll sich hier fortpflanzen? Auch wenn das Unwahrscheinliche möglich wäre, wann sollte es geschehen? Immer sieht man sie doch allein, selbstgenügsam oben in der Luft, und wenn sie einmal zu laufen sich herablassen, geschieht es nur ein kleines Weilchen lang, ein paar gezierte Schritte und immer wieder nur streng allein und in angeblichen Gedanken, von denen sie sich, selbst wenn sie sich anstrengen, nicht losreißen können, wenigstens behaupten sie das. Wenn sie sich aber nicht fortpflanzen, wäre es denkbar, daß sich Hunde finden, welche freiwillig das ebenerdige Leben aufgeben, freiwillig Lufthunde werden und um den Preis der Bequemlichkeit und einer gewissen Kunstfertigkeit dieses öde Leben dort auf den Kissen wählen? Das ist nicht denkbar, weder Fortpflanzung, noch freiwilliger Anschluß ist denkbar. Die Wirklichkeit aber zeigt, daß es doch immer wieder neue Lufthunde gibt; daraus ist zu schließen, daß, mögen auch die Hindernisse unserem Verstande unüberwindbar scheinen, eine einmal vorhandene Hundeart, sei sie auch noch so sonderbar, nicht ausstirbt, zumindest nicht leicht, zumindest nicht ohne daß in jeder Art etwas wäre, das sich erfolgreich wehrt.

Muß ich das, wenn es für eine so abseitige, sinnlose, äußerlich allersonderbarste, lebensunfähige Art wie die der Lufthunde gilt, nicht auch für meine Art annehmen? Dabei bin ich äußerlich gar nicht sonderbar, gewöhnlicher Mittelstand, der wenigstens hier in der Gegend sehr häufig ist, durch nichts besonders hervorragend, durch nichts besonders

verächtlich, in meiner Jugend und noch teilweise im Mannes-
alter, solange ich mich nicht vernachlässigte und viel Bewegung hatte, war ich sogar ein recht hübscher Hund. Besonders
meine Vorderansicht wurde gelobt, die schlanken Beine, die
schöne Kopfhaltung, aber auch mein grau-weiß-gelbes, nur in
den Haarspitzen sich ringelndes Fell war sehr gefällig, das
alles ist nicht sonderbar, sonderbar ist nur mein Wesen, aber
auch dieses ist, wie ich niemals außer acht lassen darf, im
allgemeinen Hundewesen wohl begründet. Wenn nun sogar
der Lufthund nicht allein bleibt, hier und dort in der großen
Hundewelt immer wieder sich einer findet und sie sogar aus
dem Nichts immer wieder neuen Nachwuchs holen, dann
kann auch ich der Zuversicht leben, daß ich nicht verloren
bin. Freilich ein besonderes Schicksal müssen meine Artgenossen haben, und ihr Dasein wird mir niemals sichtbar helfen, schon deshalb nicht, weil ich sie kaum je erkennen werde.
Wir sind die, welche das Schweigen drückt, welche es förmlich aus Lufthunger durchbrechen wollen, den anderen
scheint im Schweigen wohl zu sein, zwar hat es nur diesen
Anschein, so wie bei den Musikhunden, die scheinbar ruhig
musizierten, in Wirklichkeit aber sehr aufgeregt waren, aber
dieser Anschein ist stark, man versucht ihm beizukommen, er
spottet jeden Angriffs. Wie helfen sich nun meine Artgenossen? Wie sehen ihre Versuche, dennoch zu leben, aus? Das
mag verschieden sein. Ich habe es mit meinen Fragen versucht, solange ich jung war. Ich könnte mich also vielleicht an
die halten, welche viel fragen, und da hätte ich dann meine
Artgenossen. Ich habe auch das eine Zeitlang mit Selbstüberwindung versucht, mit Selbstüberwindung, denn mich kümmern ja vor allem die, welche antworten sollen; die, welche
mir immerfort mit Fragen, die ich meist nicht beantworten
kann, dazwischenfahren, sind mir widerwärtig. Und dann, wer
fragt denn nicht gern, solange er jung ist, wie soll ich aus den
vielen Fragen die richtigen herausfinden? Eine Frage klingt
wie die andere, auf die Absicht kommt es an, die aber ist
verborgen, oft auch dem Frager. Und überhaupt, das Fragen
ist ja eine Eigentümlichkeit der Hundeschaft, alle fragen
durcheinander, es ist, als sollte damit die Spur der richtigen

Fragen verwischt werden. Nein, unter den Fragern der Jungen finde ich meine Artgenossen nicht, und unter den Schweigern, den Alten, zu denen ich jetzt gehöre, ebensowenig. Aber was wollen denn die Fragen, ich bin ja mit ihnen gescheitert, wahrscheinlich sind meine Genossen viel klüger als ich und wenden ganz andere vortreffliche Mittel an, um dieses Leben zu ertragen, Mittel freilich, die, wie ich aus eigenem hinzufüge, vielleicht ihnen zur Not helfen, beruhigen, einschläfern, artverwandelnd wirken, aber in der Allgemeinheit ebenso ohnmächtig sind, wie die meinen, denn, soviel ich auch ausschaue, einen Erfolg sehe ich nicht. Ich fürchte, an allem anderen werde ich meine Artgenossen eher erkennen als am Erfolg. Wo sind denn aber meine Artgenossen? Ja, das ist die Klage, das ist sie eben. Wo sind sie? Überall und nirgends. Vielleicht ist es mein Nachbar, drei Sprünge weit von mir, wir rufen einander oft zu, er kommt auch zu mir herüber, ich zu ihm nicht. Ist er mein Artgenosse? Ich weiß nicht, ich erkenne zwar nichts dergleichen an ihm, aber möglich ist es. Möglich ist es, aber doch ist nichts unwahrscheinlicher. Wenn er fern ist, kann ich zum Spiel mit Zuhilfenahme aller Phantasie manches mich verdächtig Anheimelnde an ihm herausfinden, steht er dann aber vor mir, sind alle meine Erfindungen zum Lachen. Ein alter Hund, noch etwas kleiner als ich, der ich kaum Mittelgröße habe, braun, kurzhaarig, mit müde hängendem Kopf, mit schlürfenden Schritten, das linke Hinterbein schleppt er überdies infolge einer Krankheit ein wenig nach. So nah wie mit ihm verkehre ich schon seit langem mit niemandem, ich bin froh, daß ich ihn doch noch leidlich ertrage, und wenn er fortgeht, schreie ich ihm die freundlichsten Dinge nach, freilich nicht aus Liebe, sondern zornig auf mich, weil ich ihn, wenn ich ihm nachgehe, doch wieder nur ganz abscheulich finde, wie er sich wegschleicht mit dem nachschleppenden Fuß und dem viel zu niedrigen Hinterteil. Manchmal ist mir, als wollte ich mich selbst verspotten, wenn ich ihn in Gedanken meinen Genossen nenne. Auch in unseren Gesprächen verrät er nichts von irgendeiner Genossenschaft, zwar ist er klug und, für unsere Verhältnisse hier, gebildet genug und ich könnte viel von ihm lernen, aber suche ich Klugheit und Bildung? Wir unterhalten uns gewöhnlich über örtliche Fragen und ich staune dabei, durch meine Einsamkeit in dieser Hinsicht hellsichtiger gemacht, wieviel Geist selbst für einen gewöhnlichen Hund, selbst bei durchschnittlich nicht allzu ungünstigen Verhältnissen nötig ist, um sein Leben zu fristen und sich vor den größten üblichen Gefahren zu schützen. Die Wissenschaft gibt zwar die Regeln; sie aber auch nur von Ferne und in den gröbsten Hauptzügen zu verstehen ist gar nicht leicht, und wenn man sie verstanden hat, kommt erst das eigentlich Schwere, sie nämlich auf die örtlichen Verhältnisse anzuwenden – hier kann kaum jemand helfen, fast jede Stunde gibt neue Aufgaben und jedes neue Flecken Erde seine besonderen; daß er für die Dauer irgendwo eingerichtet ist und daß sein Leben nun gewissermaßen von selbst verläuft, kann niemand von sich behaupten, nicht einmal ich, dessen Bedürfnisse sich förmlich von Tag zu Tag verringern. Und alle diese unendliche Mühe – zu welchem Zweck? Doch nur um sich immer weiter zu vergraben im Schweigen und um niemals und von niemand mehr herausgeholt werden zu können.

Man rühmt oft den allgemeinen Fortschritt der Hundeschaft durch die Zeiten und meint damit wohl hauptsächlich den Fortschritt der Wissenschaft. Gewiß, die Wissenschaft schreitet fort, das ist unaufhaltsam, sie schreitet sogar mit Beschleunigung fort, immer schneller, aber was ist daran zu rühmen? Es ist so, als wenn man jemanden deshalb rühmen wollte, weil er mit zunehmenden Jahren älter wird und infolgedessen immer schneller der Tod sich nähert. Das ist ein natürlicher und überdies ein häßlicher Vorgang, an dem ich nichts zu rühmen finde. Ich sehe nur Verfall, wobei ich aber nicht meine, daß frühere Generationen im Wesen besser waren, sie waren nur jünger, das war ihr großer Vorzug, ihr Gedächtnis war noch nicht so überlastet wie das heutige, es war noch leichter, sie zum Sprechen zu bringen, und wenn es auch niemandem gelungen ist, die Möglichkeit war größer, diese größere Möglichkeit ist ja das, was uns beim Anhören jener alten, doch eigentlich einfältigen Geschichten so erregt. Hie und da hören wir ein andeutendes Wort und möchten fast aufspringen, fühlten wir nicht die Last der Jahrhunderte auf uns. Nein, was ich auch gegen meine Zeit einzuwenden habe, die früheren Generationen waren nicht besser als die neueren, ja in gewissem Sinn waren sie viel schlechter und schwächer. Die Wunder gingen freilich auch damals nicht frei über die Gassen zum beliebigen Einfangen, aber die Hunde waren, ich kann es nicht anders ausdrücken, noch nicht so hündisch wie heute, das Gefüge der Hundeschaft war noch locker, das wahre Wort hätte damals noch eingreifen, den Bau bestimmen, umstimmen, nach jedem Wunsche ändern, in sein Gegenteil verkehren können und jenes Wort war da, war zumindest nahe, schwebte auf der Zungenspitze. Jeder konnte es erfahren; wo ist es heute hingekommen, heute könnte man schon ins Gekröse greifen und würde es nicht finden. Unsere Generation ist vielleicht verloren, aber sie ist unschuldiger als die damalige. Das Zögern meiner Generation kann ich verstehen, es ist ja auch gar kein Zögern mehr, es ist das Vergessen eines vor tausend Nächten geträumten und tausendmal vergessenen Traumes, wer will uns gerade wegen des tausendsten Vergessens zürnen? Aber auch das Zögern unserer Urväter glaube ich zu verstehen, wir hätten wahrscheinlich nicht anders gehandelt, fast möchte ich sagen: Wohl uns, daß nicht wir es waren, die die Schuld auf uns laden mußten, daß wir vielmehr in einer schon von anderen verfinsterten Welt in fast schuldlosem Schweigen dem Tode zueilen dürfen. Als unsere Urväter abirrten, dachten sie wohl kaum an ein endloses Irren, sie sahen ja förmlich noch den Kreuzweg, es war leicht, wann immer zurückzukehren, und wenn sie zurückzukehren zögerten, so nur deshalb, weil sie noch eine kurze Zeit sich des Hundelebens freuen wollten, es war noch gar kein eigentümliches Hundeleben und schon schien es ihnen berauschend schön, wie mußte es erst später werden, wenigstens noch ein kleines Weilchen später, und so irrten sie weiter. Sie wußten nicht, was wir bei Betrachtung des Geschichtsverlaufes ahnen können, daß die Seele sich früher wandelt als das Leben und daß sie, als sie das Hundeleben zu freuen begann, schon eine recht althündische Seele haben mußten und gar nicht mehr so nahe dem Ausgangspunkt waren, wie ihnen schien oder wie ihr in allen Hundefreuden schwelgendes Auge sie glauben machen wollte. – Wer kann heute noch von Jugend sprechen. Sie waren die eigentlichen jungen Hunde, aber ihr einziger Ehrgeiz war leider darauf gerichtet, alte Hunde zu werden, etwas, was ihnen freilich nicht mißlingen konnte, wie alle folgenden Generationen beweisen und unsere, die letzte, am besten.

Über alle diese Dinge rede ich natürlich mit meinem Nachbarn nicht, aber ich muß oft an sie denken, wenn ich ihm gegenübersitze, diesem typischen alten Hund, oder die Schnauze in sein Fell vergrabe, das schon einen Anhauch jenes Geruches hat, den abgezogene Felle haben. Über jene Dinge mit ihm zu reden wäre sinnlos, auch mit jedem anderen. Ich weiß, wie das Gespräch verlaufen würde. Er hätte einige kleine Einwände hie und da, schließlich würde er zustimmen – Zustimmung ist die beste Waffe – und die Sache wäre begraben, warum sie aber überhaupt erst aus ihrem Grab bemühen? Und trotz allem, es gibt doch vielleicht eine über bloße Worte hinausgehende tiefere Übereinstimmung mit meinem Nachbarn. Ich kann nicht aufhören, das zu behaupten, obwohl ich keine Beweise dafür habe und vielleicht dabei nur einer einfachen Täuschung unterliege, weil er eben seit langem der einzige ist, mit dem ich verkehre, und ich mich also an ihn halten muß. »Bist du doch vielleicht mein Genosse auf deine Art? Und schämst dich, weil dir alles mißlungen ist? Sieh, mir ist es ebenso gegangen. Wenn ich allein bin, heule ich darüber, komm, zu zweit ist es süßer«, so denke ich manchmal und sehe ihn dabei fest an. Er senkt dann den Blick nicht, aber auch zu entnehmen ist ihm nichts, stumpf sieht er mich an und wundert sich, warum ich schweige und unsere Unterhaltung unterbrochen habe. Aber vielleicht ist gerade dieser Blick seine Art zu fragen, und ich enttäusche ihn, so wie er mich enttäuscht. In meiner Jugend hätte ich ihn, wenn mir damals nicht andere Fragen wichtiger gewesen wären und ich nicht allein mir reichlich genügt hätte, vielleicht laut gefragt, hätte eine matte Zustimmung bekommen und also weniger als heute, da er schweigt. Aber schweigen nicht alle ebenso? Was hindert mich zu glauben, daß alle meine

Genossen sind, daß ich nicht nur hie und da einen Mitforscher hatte, der mit seinen winzigen Ergebnissen versunken und vergessen ist und zu dem ich auf keine Weise mehr gelangen kann durch das Dunkel der Zeiten oder das Gedränge der Gegenwart, daß ich vielmehr in allem seit jeher Genossen habe, die sich alle bemühen nach ihrer Art, alle erfolglos nach ihrer Art, alle schweigend oder listig plappernd nach ihrer Art, wie es die hoffnungslose Forschung mit sich bringt. Dann hätte ich mich aber auch gar nicht absondern müssen, hätte ruhig unter den anderen bleiben können, hätte nicht wie ein unartiges Kind durch die Reihen der Erwachsenen mich hinausdrängen müssen, die ja ebenso hinauswollen wie ich, und an denen mich nur ihr Verstand beirrt, der ihnen sagt, daß niemand hinauskommt und daß alles Drängen töricht ist.

Solche Gedanken sind allerdings deutlich die Wirkung meines Nachbarn, er verwirrt mich, er macht mich melancholisch; und ist für sich fröhlich genug, wenigstens höre ich ihn, wenn er in seinem Bereich ist, schreien und singen, daß es mir lästig ist. Es wäre gut, auch auf diesen letzten Verkehr zu verzichten, nicht vagen Träumereien nachzugehen, wie sie jeder Hundeverkehr, so abgehärtet man zu sein glaubt, unvermeidlich erzeugt, und die kleine Zeit, die mir bleibt, ausschließlich für meine Forschungen zu verwenden. Ich werde, wenn er nächstens kommt, mich verkriechen und schlafend stellen, und das so lange wiederholen, bis er ausbleibt.

Auch ist in meine Forschungen Unordnung gekommen, ich lasse nach, ich ermüde, ich trotte nur noch mechanisch, wo ich begeistert lief. Ich denke zurück an die Zeit, als ich die Frage: »Woher nimmt die Erde unsere Nahrung?« zu untersuchen begann. Freilich lebte ich damals mitten im Volk, drängte mich dorthin, wo es am dichtesten war, wollte alle zu Zeugen meiner Arbeiten machen, diese Zeugenschaft war mir sogar wichtiger als meine Arbeit; da ich ja noch irgendeine allgemeine Wirkung erwartete, erhielt ich natürlich eine große Anfeuerung, die nun für mich Einsamen vorbei ist. Damals aber war ich so stark, daß ich etwas tat, was unerhört ist, allen unsern Grundsätzen widerspricht und an das sich gewiß jeder Augenzeuge von damals als an etwas Unheimliches erinnert.

Ich fand in der Wissenschaft, die sonst zu grenzenloser Spezialisierung strebt, in einer Hinsicht eine merkwürdige Vereinfachung. Sie lehrt, daß in der Hauptsache die Erde unsere Nahrung hervorbringt, und gibt dann, nachdem sie diese Voraussetzung gemacht hat, die Methoden an, mit welchen sich die verschiedenen Speisen in bester Art und größter Fülle erreichen lassen. Nun ist es freilich richtig, daß die Erde die Nahrung hervorbringt, daran kann kein Zweifel sein, aber so einfach, wie es gewöhnlich dargestellt wird, jede weitere Untersuchung ausschließend, ist es nicht. Man nehme doch nur die primitivsten Vorfälle her, die sich täglich wiederholen. Wenn wir gänzlich untätig wären, wie ich es nun schon fast bin, nach flüchtiger Bodenbearbeitung uns zusammenrollten und warteten, was kommt, so würden wir allerdings, vorausgesetzt, daß sich überhaupt etwas ergeben würde, die Nahrung auf der Erde finden. Aber das ist doch nicht der Regelfall. Wer sich nur ein wenig Unbefangenheit gegenüber der Wissenschaft bewahrt hat – und deren sind freilich wenige, denn die Kreise, welche die Wissenschaft zieht, werden immer größer – wird, auch wenn er gar nicht auf besondere Beobachtungen ausgeht, leicht erkennen, daß der Hauptteil der Nahrung, die dann auf der Erde liegt, von oben herabkommt, wir fangen ja je nach unserer Geschicklichkeit und Gier das meiste sogar ab, ehe es die Erde berührt. Damit sage ich noch nichts gegen die Wissenschaft, die Erde bringt ja auch diese Nahrung natürlich hervor. Ob sie die eine aus sich herauszieht oder die andere aus der Höhe herabruft, ist ja vielleicht kein wesentlicher Unterschied, und die Wissenschaft, welche festgestellt hat, daß in beiden Fällen Bodenbearbeitung nötig ist, muß sich vielleicht mit jenen Unterscheidungen nicht beschäftigen, heißt es doch: »Hast du den Fraß im Maul, so hast du für diesmal alle Fragen gelöst.« Nur scheint es mir, daß die Wissenschaft sich in verhüllter Form doch wenigstens teilweise mit diesen Dingen beschäftigt, da sie ja doch zwei Hauptmethoden der Nahrungsbeschaffung kennt, nämlich die eigentliche Bodenbearbeitung und dann die Ergänzungs-Verfeinerungs-Arbeit in Form von Spruch, Tanz und Gesang. Ich finde darin eine zwar nicht vollständige, aber doch genug deutliche, meiner Unterscheidung entsprechende Zweiteilung. Die Bodenbearbeitung dient meiner Meinung nach zur Erzielung von beiderlei Nahrung und bleibt immer unentbehrlich, Spruch, Tanz und Gesang aber betreffen weniger die Bodennahrung im engeren Sinn, sondern dienen hauptsächlich dazu, die Nahrung von oben herabzuziehen. In dieser Auffassung bestärkt mich die Tradition. Hier scheint das Volk die Wissenschaft richtigzustellen, ohne es zu wissen und ohne daß die Wissenschaft sich zu wehren wagt. Wenn, wie die Wissenschaft will, jene Zeremonien nur dem Boden dienen sollten, etwa um ihm die Kraft zu geben, die Nahrung von oben zu holen, so müßten sie sich doch folgerichtig völlig am Boden vollziehen, dem Boden müßte alles zugeflüstert, vorgesprungen, vorgetanzt werden. Die Wissenschaft verlangt wohl auch meines Wissens nichts anderes. Und nun das Merkwürdige, das Volk richtet sich mit allen seinen Zeremonien in die Höhe. Es ist dies keine Verletzung der Wissenschaft, sie verbietet es nicht, läßt dem Landwirt darin die Freiheit, sie denkt bei ihren Lehren nur an den Boden, und führt der Landwirt ihre auf den Boden sich beziehenden Lehren aus, ist sie zufrieden, aber ihr Gedankengang sollte meiner Meinung nach eigentlich mehr verlangen. Und ich, der ich niemals tiefer in die Wissenschaft eingeweiht worden bin, kann mir gar nicht vorstellen, wie die Gelehrten es dulden können, daß unser Volk, leidenschaftlich wie es nun einmal ist, die Zaubersprüche aufwärts ruft, unsere alten Volksgesänge in die Lüfte klagt und Sprungtänze aufführt, als ob es sich, den Boden vergessend, für immer emporschwingen wollte. Von der Betonung dieser Widersprüche ging ich aus, ich beschränkte mich, wann immer nach den Lehren der Wissenschaft die Erntezeit sich näherte, völlig auf den Boden, ich scharrte ihn im Tanz, ich verdrehte den Kopf, um nur dem Boden möglichst nahe zu sein. Ich machte mir später eine Grube für die Schnauze und sang so und deklamierte, daß nur der Boden es hörte und niemand sonst neben oder über mir.

Die Forschungsergebnisse waren gering. Manchmal bekam ich das Essen nicht und schon wollte ich jubeln über meine Entdeckung, aber dann kam das Essen doch wieder, so als wäre man zuerst beirrt gewesen durch meine sonderbare Aufführung, erkenne aber jetzt den Vorteil, den sie bringt, und verzichte gern auf meine Schreie und Sprünge. Oft kam das Essen sogar reichlicher als früher, aber dann blieb es doch auch wieder gänzlich aus. Ich machte mit einem Fleiß, der an jungen Hunden bisher unbekannt gewesen war, genaue Aufstellungen aller meiner Versuche, glaubte schon hie und da eine Spur zu finden, die mich weiter führen könnte, aber dann verlief sie sich doch wieder ins Unbestimmte. Es kam mir hierbei unstrittig auch meine ungenügende wissenschaftliche Vorbereitung in die Quere. Wo hatte ich die Bürgschaft, daß zum Beispiel das Ausbleiben des Essens nicht durch mein Experiment, sondern durch unwissenschaftliche Bodenbearbeitung bewirkt war, und traf das zu, dann waren alle meine Schlußfolgerungen haltlos. Unter gewissen Bedingungen hätte ich ein fast ganz präzises Experiment erreichen können, wenn es mir nämlich gelungen wäre, ganz ohne Bodenbearbeitung – einmal nur durch aufwärts gerichtete Zeremonie das Herabkommen des Essens und dann durch ausschließliche Boden-Zeremonie das Ausbleiben des Essens zu erreichen. Ich versuchte auch derartiges, aber ohne festen Glauben und nicht mit vollkommenen Versuchsbedingungen, denn, meiner unerschütterlichen Meinung nach, ist wenigstens eine gewisse Bodenbearbeitung immer nötig und, selbst wenn die Ketzer, die es nicht glauben, recht hätten, ließe es sich doch nicht beweisen, da die Bodenbesprengung unter einem Drang geschieht und sich in gewissen Grenzen gar nicht vermeiden läßt. Ein anderes, allerdings etwas abseitiges Experiment glückte mir besser und machte einiges Aufsehen. Anschließend an das übliche Abfangen der Nahrung aus der Luft beschloß ich, die Nahrung zwar niederfallen zu lassen, sie aber auch nicht abzufangen. Zu diesem Zwecke machte ich immer, wenn die Nahrung kam, einen kleinen Luftsprung, der aber immer so berechnet war, daß er nicht ausreichte; meistens fiel sie dann doch stumpf-gleichgültig zu Boden und ich warf mich wütend auf sie, in der Wut nicht nur des Hungers, sondern auch der Enttäuschung. Aber in vereinzelten Fällen geschah doch etwas anderes, etwas eigentlich Wunderbares, die Speise fiel nicht, sondern folgte mir in der Luft, die Nahrung verfolgte den Hungrigen. Es geschah nicht lange, eine kurze Strecke nur, dann fiel sie doch oder verschwand gänzlich oder – der häufigste Fall – meine Gier beendete vorzeitig das Experiment und ich fraß die Sache auf. Immerhin, ich war damals glücklich, durch meine Umgebung ging ein Raunen, man war unruhig und aufmerksam geworden, ich fand meine Bekannten zugänglicher meinen Fragen, in ihren Augen sah ich irgendein Hilfe suchendes Leuchten, mochte es auch nur der Widerschein meiner eigenen Blicke sein, ich wollte nichts anderes, ich war zufrieden. Bis ich dann freilich erfuhr – und die anderen erfuhren es mit mir – daß dieses Experiment in der Wissenschaft längst beschrieben ist, viel großartiger schon gelungen als mir, zwar schon lange nicht gemacht werden konnte wegen der Schwierigkeit der Selbstbeherrschung, die es verlangt, aber wegen seiner angeblichen wissenschaftlichen Bedeutungslosigkeit auch nicht wiederholt werden muß. Es beweise nur, was man schon wußte, daß der Boden die Nahrung nicht nur gerade abwärts von oben holt, sondern auch schräg, ja sogar in Spiralen. Da stand ich nun, aber entmutigt war ich nicht, dazu war ich noch zu jung, im Gegenteil, ich wurde dadurch aufgemuntert zu der vielleicht größten Leistung meines Lebens. Ich glaubte der wissenschaftlichen Entwertung meines Experimentes nicht, aber hier hilft kein Glauben, sondern nur der Beweis, und den wollte ich antreten und wollte damit auch dieses ursprünglich etwas abseitige Experiment ins volle Licht, in den Mittelpunkt der Forschung stehen. Ich wollte beweisen, daß, wenn ich vor der Nahrung zurückwich, nicht der Boden sie schräg zu sich herabzog, sondern ich es war, der sie hinter mir her lockte. Dieses Experiment konnte ich allerdings nicht weiter ausbauen, den Fraß vor sich zu sehen und dabei wissenschaftlich zu experimentieren, das hielt man für die Dauer nicht aus. Aber ich wollte etwas anderes tun, ich wollte, solange ichs aushielt, völlig fasten, allerdings dabei auch jeden Anblick der Nahrung, jede Verlockung vermeiden. Wenn ich mich so zurückzog, mit geschlossenen Augen liegenblieb, Tag und Nacht, weder um das Aufheben, noch um das Abfangen der Nahrung mich kümmerte und, wie ich nicht zu behaupten wagte, aber leise hoffte, ohne alle sonstigen Maßnahmen, nur auf die unvermeidliche unrationelle Bodenbesprengung und stilles Aufsagen der Sprüche und Lieder hin (den Tanz wollte ich unterlassen, um mich nicht zu schwächen) die Nahrung von oben selbst herabkäme und, ohne sich um den Boden zu kümmern, an mein Gebiß klopfen würde, um eingelassen zu werden, – wenn dies geschah, dann war die Wissenschaft zwar nicht widerlegt, denn sie hat genug Elastizität für Ausnahmen und Einzelfälle, aber was würde das Volk sagen, das glücklicherweise nicht so viel Elastizität hat? Denn es würde das ja auch kein Ausnahmefall von der Art sein, wie sie die Geschichte überliefert, daß etwa einer wegen körperlicher Krankheit oder wegen Trübsinns sich weigert, die Nahrung vorzubereiten, zu suchen, aufzunehmen und dann die Hundeschaft in Beschwörungsformeln sich vereinigt und dadurch ein Abirren der Nahrung von ihrem gewöhnlichen Weg geradewegs in das Maul des Kranken erreicht. Ich dagegen war in voller Kraft und Gesundheit, mein Appetit so prächtig, daß er mich tagelang hinderte, an etwas anderes zu denken als an ihn, ich unterzog mich, mochte man es glauben oder nicht, dem Fasten freiwillig, war selbst imstande, für das Herabkommen der Nahrung zu sorgen und wollte es auch tun, brauchte aber auch keine Hilfe der Hundeschaft und verbat sie mir sogar auf das entschiedenste.

Ich suchte mir einen geeigneten Ort in einem entlegenen Gebüsch, wo ich keine Eßgespräche, kein Schmatzen und Knochenknacken hören würde, fraß mich noch einmal völlig satt und legte mich dann hin. Ich wollte womöglich die ganze Zeit mit geschlossenen Augen verbringen; solange kein Essen kommen sollte, würde es für mich ununterbrochen Nacht sein, mochte es Tage und Wochen dauern. Dabei durfte ich allerdings, das war eine große Erschwerung, wenig oder am besten gar nicht schlafen, denn ich mußte ja nicht nur die Nahrung herabbeschwören, sondern auch auf der Hut sein, daß ich die Ankunft der Nahrung nicht etwa verschlafe, andererseits wiederum war Schlaf sehr willkommen, denn schlafend würde ich viel länger hungern können als im Wachen. Aus diesen Gründen beschloß ich, die Zeit vorsichtig einzuteilen und viel zu schlafen, aber immer nur ganz kurze Zeit. Ich erreichte dies dadurch, daß ich den Kopf im Schlaf immer auf einen schwachen Ast stützte, der bald einknickte und mich dadurch weckte. So lag ich, schlief oder wachte, träumte oder sang still für mich hin. Die erste Zeit verging ereignislos, noch war es vielleicht dort, woher die Nahrung kommt, irgendwie unbemerkt geblieben, daß ich mich hier gegen den üblichen Verlauf der Dinge stemmte, und so blieb alles still. Ein wenig störte mich in meiner Anstrengung die Befürchtung, daß die Hunde mich vermissen, bald auffinden und etwas gegen mich unternehmen würden. Eine zweite Befürchtung war, daß auf die bloße Besprengung hin der Boden, obwohl es ein nach der Wissenschaft unfruchtbarer Boden war, die sogenannte Zufallsnahrung hergeben und ihr Geruch mich verführen würde. Aber vorläufig geschah nichts dergleichen, und ich konnte weiterhungern. Abgesehen von diesen Befürchtungen war ich zunächst ruhig, wie ich es an mir noch nie bemerkt hatte. Obwohl ich hier eigentlich an der Aufhebung der Wissenschaft arbeitete, erfüllte mich Behagen und fast die sprichwörtliche Ruhe des wissenschaftlichen Arbeiters. In meinen Träumereien erlangte ich von der Wissenschaft Verzeihung, es fand sich in ihr auch ein Raum für meine Forschungen, trostreich klang es mir in den Ohren, daß ich, mögen auch meine Forschungen noch so erfolgreich werden, und besonders dann, keineswegs für das Hundeleben verloren sei, die Wissenschaft sei mir freundlich geneigt, sie selbst werde die Deutung meiner Ergebnisse vornehmen und dieses Versprechen bedeute schon die Erfüllung selbst, ich würde, während ich mich bisher im Innersten ausgestoßen fühlte und die Mauern meines Volkes berannte wie ein Wilder, in großen Ehren aufgenommen werden, die ersehnte Wärme versammelter Hundeleiber werde mich umströmen, hochgezwungen würde ich auf den Schultern meines Volkes schwanken. Merkwürdige Wirkung des ersten Hungers. Meine Leistung erschien mir so groß, daß ich aus Rührung und aus Mitleid mit mir selbst dort in dem stillen Gebüsch zu weinen anfing, was allerdings nicht ganz verständlich war, denn wenn ich den verdienten Lohn erwartete, warum weinte ich dann? Wohl nur aus Behaglichkeit. Immer nur, wenn mir behaglich war, selten genug, habe ich geweint. Danach ging es freilich bald vorüber. Die schönen Bilder verflüchtigten sich allmählich mit dem Ernsterwerden des Hungers, es dauerte nicht lange und ich war, nach schneller Verabschiedung aller Phantasien und aller Rührung, völlig allein mit dem in den Eingeweiden brennenden Hunger. »Das ist der Hunger«, sagte ich mir damals unzähligemal, so als wollte ich mich glauben machen, Hunger und ich seien noch immer zweierlei und ich könnte ihn abschütteln wie einen lästigen Liebhaber, aber in Wirklichkeit waren wir höchst schmerzlich Eines, und wenn ich mir erklärte: »Das ist der Hunger«, so war es eigentlich der Hunger, der sprach und sich damit über mich lustig machte. Eine böse, böse Zeit! Mich schauert, wenn ich an sie denke, freilich nicht nur wegen des Leides, das ich damals durchlebt habe, sondern vor allem deshalb, weil ich damals nicht fertig geworden bin, weil ich dieses Leiden noch einmal werde durchkosten müssen, wenn ich etwas erreichen will, denn das Hungern halte ich noch heute für das letzte und stärkste Mittel meiner Forschung. Durch das Hungern geht der Weg, das Höchste ist nur der höchsten Leistung erreichbar, wenn es erreichbar ist, und diese höchste Leistung ist bei uns freiwilliges Hungern. Wenn ich also jene Zeiten durchdenke – und für mein Leben gern wühle ich in ihnen – durchdenke ich auch die Zeiten, die mir drohen. Es scheint, daß man fast ein Leben verstreichen lassen muß, ehe man sich von einem solchen Versuch erholt, meine ganzen Mannesjahre trennen mich von jenem Hungern, aber erholt bin ich noch nicht. Ich werde, wenn ich nächstens das Hungern beginne, vielleicht mehr Entschlossenheit haben als früher, infolge meiner größeren Erfahrung und besseren Einsicht in die Notwendigkeit des Versuches, aber meine Kräfte sind geringer, noch von damals her, zumindest werde ich schon ermatten in der bloßen Erwartung der bekannten Schrecken. Mein schwächerer Appetit wird mir nicht helfen, er entwertet nur ein wenig den Versuch und wird mich wahrscheinlich noch zwingen, länger zu hungern, als es damals nötig gewesen wäre. Über diese und andere Voraussetzungen glaube ich mir klar zu sein, an Vorversuchen hat es ja nicht gefehlt in dieser langen Zwischenzeit, oft genug habe ich das Hungern förmlich angebissen, war aber noch nicht stark zum Äußersten, und die unbefangene Angriffslust der Jugend ist natürlich für immer dahin. Sie schwand schon damals inmitten des Hungerns. Mancherlei Überlegungen quälten mich. Drohend erschienen mir unsere Urväter. Ich halte sie zwar, wenn ich es auch öffentlich nicht zu sagen wage, für schuld an allem, sie haben das Hundeleben verschuldet, und ich konnte also ihren Drohungen leicht mit Gegendrohungen antworten, aber vor ihrem Wissen beuge ich mich, es kam aus Quellen, die wir nicht mehr kennen, deshalb würde ich auch, so sehr es mich gegen sie anzukämpfen drängt, niemals ihre Gesetze geradezu überschreiten, nur durch die Gesetzeslücken, für die ich eine besondere Witterung habe, schwärme ich aus. Hinsichtlich des Hungerns berufe ich mich auf das berühmte Gespräch, im Laufe dessen einer unserer Weisen die Absicht aussprach, das Hungern zu verbieten, worauf ein Zweiter davon abriet mit der Frage: »Wer wird denn jemals hungern?« und der Erste sich überzeugen ließ und das Verbot zurückhielt. Nun entsteht aber wieder die Frage: »Ist nun das Hungern nicht eigentlich doch verboten?« Die große Mehrzahl der Kommentatoren verneint sie, sieht das Hungern für freigegeben an, hält es mit dem zweiten Weisen und befürchtet deshalb auch von einer irrtümlichen Kommentierung keine schlimmen Folgen. Dessen hatte ich mich wohl vergewissert, ehe ich mit dem Hungern begann. Nun aber, als ich mich im Hunger krümmte, schon in einiger Geistesverwirrung immerfort bei meinen Hinterbeinen Rettung suchte und sie verzweifelt leckte, kaute, aussaugte, bis zum After hinauf, erschien mir die allgemeine Deutung jenes Gespräches ganz und gar falsch, ich verfluchte die kommentatorische Wissenschaft, ich verfluchte mich, der ich mich von ihr hatte irreführen lassen, das Gespräch enthielt ja, wie ein Kind erkennen mußte, freilich mehr als nur ein einziges Verbot des Hungerns, der erste Weise wollte das Hungern verbieten, was ein Weiser will, ist schon geschehen, das Hungern war also verboten, der zweite Weise stimmte ihm nicht nur zu, sondern hielt das Hungern sogar für unmöglich, wälzte also auf das erste Verbot noch ein zweites, das Verbot der Hundenatur selbst, der Erste erkannte dies an und hielt das ausdrückliche Verbot zurück, das heißt, er gebot den Hunden nach Darlegung alles dessen, Einsicht zu üben und sich selbst das Hungern zu verbieten. Also ein dreifaches Verbot statt des üblichen einen, und ich hatte es verletzt. Nun hätte ich ja wenigstens jetzt verspätet gehorchen und zu hungern aufhören können, aber mitten durch den Schmerz ging auch eine Verlockung weiter zu hungern, und ich folgte ihr lüstern, wie einem unbekannten Hund. Ich konnte nicht aufhören, vielleicht war ich auch schon zu schwach, um aufzustehen und in bewohnte Gegenden mich zu retten. Ich wälzte mich hin und her auf der Waldstreu, schlafen konnte ich nicht mehr, ich hörte überall Lärm, die während meines bisherigen Lebens schlafende Welt schien durch mein Hungern erwacht zu sein, ich bekam die Vorstellung, daß ich nie mehr werde fressen können, denn dadurch müßte ich die freigelassen lärmende Welt wieder zum Schweigen bringen, und das würde ich nicht imstande sein, den größten Lärm allerdings hörte ich in meinem Bauche, ich legte oft das Ohr an ihn und mußte entsetzte Augen gemacht haben, denn ich konnte kaum glauben, was ich hörte. Und da es nun zu arg wurde, schien der Taumel auch meine Natur zu ergreifen, sie machte sinnlose Rettungsversuche, ich begann Speisen zu riechen, auserlesene Speisen, die ich längst nicht mehr gegessen hatte, Freuden meiner Kindheit –, ja, ich roch den Duft der Brüste meiner Mutter –, ich vergaß meinen Entschluß, Gerüchen Widerstand leisten zu wollen, oder richtiger, ich vergaß ihn nicht; mit dem Entschluß, so als sei es ein Entschluß, der dazu gehöre, schleppte ich mich nach allen Seiten, immer nur ein paar Schritte und schnupperte, so als möchte ich die Speise nur, um mich vor ihr zu hüten. Daß ich nichts fand, enttäuschte mich nicht, die Speisen waren da, nur waren sie immer ein paar Schritte zu weit, die Beine knickten mir vorher ein. Gleichzeitig allerdings wußte ich, daß gar nichts da war, daß ich die kleinen Bewegungen nur machte aus Angst vor dem endgültigen Zusammenbrechen auf einem Platz, den ich nicht mehr verlassen würde. Die letzten Hoffnungen schwanden, die letzten Verlockungen, elend würde ich hier zugrunde gehen, was sollten meine Forschungen, kindliche Versuche aus kindlich glücklicher Zeit, hier und jetzt war Ernst, hier hätte die Forschung ihren Wert beweisen können, aber wo war sie? Hier war nur ein hilflos ins Leere schnappender Hund, der zwar noch krampfhaft eilig, ohne es zu wissen, immerfort den Boden besprengte, aber in seinem Gedächtnis aus dem ganzen Wust der Zaubersprüche nicht das Geringste mehr auftreiben konnte, nicht einmal das Verschen, mit dem sich die Neugeborenen unter ihre Mutter ducken. Es war mir, als sei ich hier nicht durch einen kurzen Lauf von den Brüdern getrennt, sondern unendlich weit fort von allen, und als stürbe ich eigentlich gar nicht durch Hunger, sondern infolge meiner Verlassenheit. Es war doch ersichtlich, daß sich niemand um mich kümmerte, niemand unter der Erde, niemand auf ihr, niemand in der Höhe, ich ging an ihrer Gleichgültigkeit zugrunde, ihre Gleichgültigkeit sagte: er stirbt, und so würde es geschehen. Und stimmte ich nicht bei? Sagte ich nicht das Gleiche? Hatte ich nicht diese Verlassenheit gewollt? Wohl, ihr Hunde, aber nicht um hier so zu enden, sondern um zur Wahrheit hinüber zu kommen, aus dieser Welt der Lüge, wo sich niemand findet, von dem man Wahrheit erfahren kann, auch von mir nicht, eingeborenem Bürger der Lüge. Vielleicht war die Wahrheit nicht allzuweit, und ich also nicht so verlassen, wie ich dachte, nicht von den anderen verlassen, nur von mir, der ich versagte und starb.

Doch man stirbt nicht so eilig, wie ein nervöser Hund glaubt. Ich fiel nur in Ohnmacht, und als ich aufwachte und die Augen erhob, stand ein fremder Hund vor mir. Ich fühlte keinen Hunger, ich war sehr kräftig, in den Gelenken federte es meiner Meinung nach, wenn ich auch keinen Versuch machte, es durch Aufstehen zu erproben. Ich sah an und für sich nicht mehr als sonst, ein schöner, aber nicht allzu ungewöhnlicher Hund stand vor mir, das sah ich, nichts anderes, und doch glaubte ich, mehr an ihm zu sehen als sonst. Unter mir lag Blut, im ersten Augenblick dachte ich, es sei Speise, ich merkte aber gleich, daß es Blut war, das ich ausgebrochen hatte. Ich wandte mich davon ab und dem fremden Hunde zu. Er war mager, hochbeinig, braun, hie und da weiß gefleckt und hatte einen schönen, starken forschenden Blick. »Was machst du hier?« sagte er. »Du mußt von hier fortgehen.« »Ich kann jetzt nicht fortgehen«, sagte ich, ohne weitere Erklärung, denn wie hätte ich ihm alles erklären sollen, auch schien er in Eile zu sein. »Bitte, geh fort«, sagte er, und hob unruhig ein Bein nach dem anderen. »Laß mich«, sagte ich, »geh und kümmere dich nicht um mich, die anderen kümmern sich auch nicht um mich.« »Ich bitte dich um deinetwillen«, sagte er. »Bitte mich aus welchem Grund du willst«, sagte ich. »Ich kann nicht gehen, selbst wenn ich wollte.« »Daran fehlt es nicht«, sagte er lächelnd. »Du kannst gehen. Eben weil du schwach zu sein scheinst, bitte ich dich, daß du jetzt langsam fortgehst, zögerst du, wirst du später laufen müssen.« »Laß das meine Sorge sein«, sagte ich. »Es ist auch meine, sagte er, traurig wegen meiner Hartnäckigkeit, und wollte nun offenbar mich aber vorläufig schon hier lassen, aber die Gelegenheit benützen und sich liebend an mich heranzumachen. Zu anderer Zeit hätte ich es gerne geduldet von dem Schönen, damals aber, ich begriff es nicht, faßte mich ein Entsetzen davor. »Weg!« schrie ich, um so lauter, als ich mich anders nicht verteidigen konnte. »Ich lasse dich ja«, sagte er langsam zurücktretend. »Du bist wunderbar. Gefalle ich dir denn nicht?« »Du wirst mir gefallen, wenn du fortgehst, und mich in Ruhe läßt«, sagte ich, aber ich war meiner nicht mehr so sicher, wie ich ihn glauben machen wollte. Irgendetwas sah oder hörte ich an ihm mit meinen durch das Hungern geschärften Sinnen, es war erst in den Anfängen, es wuchs, es näherte sich und ich wußte schon, dieser Hund hat allerdings die Macht dich fortzutreiben, wenn du dir jetzt auch noch nicht vorstellen kannst, wie du dich jemals wirst erheben können. Und ich sah ihn, der auf meine grobe Antwort nur sanft den Kopf geschüttelt hatte, mit immer größerer Begierde an. »Wer bist du?« fragte ich. »Ich bin ein Jäger«, sagte er. »Und warum willst du mich nicht hier lassen?« fragte ich. »Du störst mich«, sagte er, »ich kann nicht jagen, wenn du hier bist.« »Versuche es«, sagte ich, »vielleicht wirst du noch jagen können.« »Nein«, sagte er, »es tut mir leid, aber du mußt fort.« »Laß heute das Jagen!« bat ich. »Nein«, sagte er, »ich muß jagen.« »Ich muß fortgehen, du mußt jagen«, sagte ich, »lauter Müssen. Verstehst du es, warum wir müssen?« »Nein«, sagte er, »es ist daran aber auch nichts zu verstehen, es sind selbstverständliche, natürliche Dinge.« »Doch nicht«, sagte ich, »es tut dir ja leid, daß du mich verjagen mußt, und dennoch tust du es.« »So ist es«, sagte er. »So ist es«, wiederholte ich ärgerlich, »das ist keine Antwort. Welcher Verzicht fiele dir leichter, der Verzicht auf die Jagd oder darauf, mich wegzutreiben?« »Der Verzicht auf die Jagd«, sagte er ohne Zögern. »Nun also«, sagte ich, »hier ist doch ein Widerspruch.« »Was für ein Widerspruch denn?« sagte er, »du lieber kleiner Hund, verstehst du denn wirklich nicht, daß ich muß? Verstehst du denn das Selbstverständliche nicht?« Ich antwortete nichts mehr, denn ich merkte – und neues Leben durchfuhr mich dabei, Leben wie es der Schrecken gibt –, ich merkte an unfaßbaren Einzelheiten, die vielleicht niemand außer mir hätte merken können, daß der Hund aus der Tiefe der Brust zu einem Gesange anhob. »Du wirst singen«, sagte ich. »Ja«, sagte er ernst, »ich werde singen, bald, aber noch nicht.« »Du beginnst schon«, sagte ich. »Nein«, sagte er, »noch nicht. Aber mach dich bereit.« »Ich höre es schon, obwohl du es leugnest«, sagte ich zitternd. Er schwieg. Und ich glaubte damals, etwas zu erkennen, was kein Hund je vor mir erfahren hat, wenigstens findet sich in der Überlieferung nicht die leiseste Andeutung dessen, und ich versenkte eilig in unendlicher Angst und Scham das Gesicht in der Blutlache vor mir. Ich glaubte nämlich zu erkennen, daß der Hund schon sang, ohne es noch zu wissen, ja mehr noch, daß die Melodie, von ihm getrennt, nach eigenem Gesetz durch die Lüfte schwebte und über ihn hinweg, als gehöre er nicht dazu, nur nach mir, nach mir hin zielte. – Heute leugne ich natürlich alle derartigen Erkenntnisse und schreibe sie meiner damaligen Überreiztheit zu, aber wenn es auch ein Irrtum war, so hat er doch eine gewisse Großartigkeit, ist die einzige, wenn auch nur scheinbare Wirklichkeit, die ich aus der Hungerzeit in diese Welt herübergerettet habe, und sie zeigt zumindest, wie weit bei völligem Außer-sich-sein wir gelangen können. Und ich war wirklich völlig außer mir. Unter gewöhnlichen Umständen wäre ich schwerkrank gewesen, unfähig, mich zu rühren, aber der Melodie, die nun bald der Hund als die seine zu übernehmen schien, konnte ich nicht widerstehen. Immer stärker wurde sie: ihr Wachsen hatte vielleicht keine Grenzen und schon jetzt sprengte sie mir fast das Gehör. Das Schlimmste aber war, daß sie nur meinetwegen vorhanden zu sein schien, diese Stimme, vor deren Erhabenheit der Wald verstummte, nur meinetwegen; wer war ich, der ich noch immer hier zu bleiben wagte und mich vor ihr breitmachte in meinem Schmutz und Blut? Schlotternd erhob ich mich, sah an mir hinab; so etwas wird doch nicht laufen, dachte ich noch, aber schon flog ich, von der Melodie gejagt, in den herrlichsten Sprüngen dahin. Meinen Freunden erzählte ich nichts, gleich bei meiner Ankunft hätte ich wahrscheinlich alles erzählt, aber da war ich zu schwach, später schien es mir wieder nicht mitteilbar. Andeutungen, die zu unterdrücken ich mich nicht bezwingen konnte, verloren sich spurlos in den Gesprächen. Körperlich erholte ich mich übrigens in wenigen Stunden, geistig trage ich noch heute die Folgen.

Meine Forschungen aber erweiterte ich auf die Musik der Hunde. Die Wissenschaft war gewiß auch hier nicht untätig, die Wissenschaft von der Musik ist, wenn ich gut berichtet bin, vielleicht noch umfangreicher als jene von der Nahrung, und jedenfalls fester begründet. Es ist das dadurch zu erklären, daß auf diesem Gebiet leidenschaftsloser gearbeitet werden kann als auf jenem, und daß es sich hier mehr um bloße Beobachtungen und Systematisierungen handelt, dort dagegen vor allem um praktische Folgerungen. Damit hängt zusammen, daß der Respekt vor der Musikwissenschaft größer ist als vor der Nahrungswissenschaft, die erstere aber niemals so tief ins Volk eindringen konnte wie die zweite. Auch ich stand der Musikwissenschaft, ehe ich die Stimme im Wald gehört hatte, fremder gegenüber als irgendeiner anderen. Zwar hatte mich schon das Erlebnis mit den Musikhunden auf sie hingewiesen, aber ich war damals noch zu jung. Auch ist es nicht leicht, an diese Wissenschaft auch nur heranzukommen, sie gilt als besonders schwierig und schließt sich vornehm gegen die Menge ab. Auch war zwar die Musik bei jenen Hunden das zunächst Auffallendste gewesen, aber wichtiger als die Musik schien mir ihr verschwiegenes Hundewesen, für ihre schreckliche Musik fand ich vielleicht überhaupt keine Ähnlichkeit anderswo, ich konnte sie eher vernachlässigen, aber ihr Wesen begegnete mir von damals an in allen Hunden überall. In das Wesen der Hunde einzudringen, schienen mir aber Forschungen über die Nahrung am geeignetsten und ohne Umweg zum Ziele führend. Vielleicht hatte ich darin Unrecht. Ein Grenzgebiet der beiden Wissenschaften lenkte allerdings schon damals meinen Verdacht auf sich. Es ist die Lehre von dem die Nahrung herabrufenden Gesang. Wieder ist es hier für mich sehr störend, daß ich auch in die Musikwissenschaft niemals ernstlich eingedrungen bin und mich in dieser Hinsicht bei weitem nicht einmal zu den von der Wissenschaft immer besonders verachteten Halbgebildeten rechnen kann. Dies muß mir immer gegenwärtig bleiben. Vor einem Gelehrten würde ich, ich habe leider dafür Beweise, auch in der leichtesten wissenschaftlichen Prüfung sehr schlecht bestehen. Das hat natürlich, von den schon erwähnten Lebensumständen abgesehen, seinen Grund zunächst in meiner wissenschaftlichen Unfähigkeit, geringer Denkkraft, schlechtem Gedächtnis und vor allem in dem Außerstandesein, das wissenschaftliche Ziel mir immer vor Augen zu halten. Das alles gestehe ich mir offen ein, sogar mit einer gewissen Freude. Denn der tiefere Grund meiner wissenschaftlichen Unfähigkeit scheint mir ein Instinkt und wahrlich kein schlechter Instinkt zu sein. Wenn ich bramarbasieren wollte, könnte ich sagen, daß gerade dieser Instinkt meine wissenschaftlichen Fähigkeiten zerstört hat, denn es wäre doch eine zumindest sehr merkwürdige Erscheinung, daß ich, der ich in den gewöhnlichen täglichen Lebensdingen, die gewiß nicht die einfachsten sind, einen erträglichen Verstand zeige, und vor allem, wenn auch nicht die Wissenschaft so doch die Gelehrten sehr gut verstehe, was an meinen Resultaten nachprüfbar ist, von vornherein unfähig gewesen sein sollte, die

Pfote auch nur zur ersten Stufe der Wissenschaft zu erheben. Es war der Instinkt, der mich vielleicht gerade um der Wissenschaft willen, aber einer anderen Wissenschaft als sie heute geübt wird, einer allerletzten Wissenschaft, die Freiheit höher schätzen ließ als alles andere. Die Freiheit! Freilich, die Freiheit, wie sie heute möglich ist, ist ein kümmerliches Gewächs. Aber immerhin Freiheit, immerhin ein Besitz. –